AF372505

Maria F. Brito

AMOR E ÓDIO: SENTIMENTOS QUE ANDAM JUNTOS

Sumário

PREFÁCIO

Eu gosto mesmo é quando você domina... Quando me agarra com intensidade, me põe contra a parede e me desnuda com loucura... Faz com vontade e desejo... Mata seu desejo de maneira selvagem como o animal no cio...gosto quando me possui com desejo de homem dominador... Fera!!! Embrutecido!!!

Gosto quando me tem com voracidade e ternura ao mesmo tempo... Tempo perdido foi o que tivemos até aqui que não nos consumimos de desejo como nas primeiras carícias e paixão... Lembro quando me encostava contra a parede e me fazia sentir teu hálito quente e olhar de desejo e loucura... Fomos loucos e desperdiçamos nossos melhores anos sem a paixão do primeiro amor... Da primeira carícia...

Somos culpados de termos nos querido tanto e termos nos odiados mais ainda.

Somos culpados de adoecermos na loucura da paixão... Sem entendimento... Sem apego e ao mesmo tempo sem termos o poder de segurar o outro pelo que mais queríamos... O desejo e o encanto da primeira vez... Do olhar apaixonado... Da mentira que nos consumia... Da falta de entendimento que jamais deixamos de lado...

Se tivéssemos ouvido a voz do coração e não a da razão, teríamos sido mais felizes e apaixonados... Não *teríamos perdido o dito interesse um pelo corpo e vontades do outro.*

O que nos aconteceu??? Nunca soube explicar... Só sei que nossos corpos grudaram um no outro como uma tatuagem formando um só.

O que sentimos e vivemos foi mais do que queríamos e menos do que poderia ter sido.

Um dia perguntarei a Deus por que me puseste em teu caminho se nunca fomos de verdade... E por que te fizestes cruzar meus passos se nunca caminhou comigo... Nunca entendi nossa química e nosso veneno um pelo outro.

Como queria eu voltar um só minuto ao passado e desencontrar o dia que meus olhos cruzaram os teus...

Me embriagar no Dreher que foi o culpado do nosso primeiro beijo... Vivi para dormir em teus braços sem nos tocarmos... Respeito??? Não sei dizer... Você foi terno e ao mesmo tempo o pior de todos os meus castigos...

Um dia perguntarei a Deus por que mesmo nos querendo tanto nos afastamos de maneira tão cruel quando queríamos o corpo um do outro...

Um dia quem sabe... Eu perguntarei ao tempo por que foi tão carrasco e tão duro comigo por ter te amado e nunca ter te possuído.

CAPÍTULO I

QUANDO O CORAÇÃO NÃO EXPLICA AS RAZÕES

"Razões não encontramos quando a paixão domina nossos corpos..." foram as últimas palavras que lembro ter ouvido naquela tarde de domingo. Explicação não encontro enquanto me consumo de dor no leito desse hospital... "meu notebook" ... — respondi quando minha irmã questionava sobre o que gostaria que trouxesse para passar o tempo. Então decidi escrever minha história para que o tempo passe mais rápido... Sem delongas, tentarei ser fiel aos fatos.

"Ingênua ou traiçoeira???" Pergunto a mim mesma: "que palavras me definiriam nesse momento" ???... Para falar a verdade, procuro uma desculpa para escrever sem me envolver emocionalmente com as palavras...

— Hum!!! Então esse é seu nome?

— E para que você quer mesmo saber? — indaguei enquanto aquele homem saía dando risadas da minha desastrosa entrada na sorveteria.

Eu não o conhecia, seu atrevimento me causou embaraço.

— É filho da tua tia Carlota. — respondeu minha cunhada sem muita curiosidade.

"Filho de quem??? Perguntei-me em silêncio enquanto sentia frio na espinha de lembrar aquela olhada traiçoeira e pedinte que ele havia lançado sobre mim. "Mas eu não perguntei", tratei de responder para mim mesma sem que a cunhada percebesse.

Durante o restante do dia os pensamentos não saíam daquela cena, daquele olhar. As luzes da rua já estavam acessas quando saí fora de casa. Sentei na calçada e viajei na "caixa do nada" enquanto observava o movimento na rua e na pracinha ali perto... Baixei a cabeça por uns minutos e quando levantei, dei de cara com ele ali em pé em frente a mim, procurando meu olhar abertamente e cinicamente.

— O que foi??? Perdeu alguma coisa? — Perguntei furiosa sem mesmo entender o porquê.

— Sim... — Respondeu sem tirar o olhar do meu.

— Dê meia volta que preciso entrar.

— E eu não posso entrar?

— Não!!! — Respondi curta e grossa — mãe não está em casa. Estão todos no sítio.

Com um gesto de descontentamento foi saindo sem tirar os olhos do meu... Baixei o olhar porque não queria saber de sentimentalismo naquele momento. Seu comportamento me deixava incomodada... não entendia por que tanto interesse dele. Voltei para o quarto, deitei no colchão no chão onde deixava todos meus livros e apostilas jogados. Voltei a ler o assunto da prova da segunda-feira...

Quase não lembro os motivos que me fizeram acordar tão cedo no dia seguinte já que era domingo. Subi na sorveteria para saber se estava aberta àquela hora. Todos de saída para o parque da festa de rodeio na cidade vizinha e meu irmão quis saber se gostaria de ir já que estava sozinha em casa... Sem hesitar respondi logo que sim e fui aconselhada a levar uma roupa extra porque iam trabalhar no evento e a noite eu poderia aproveitar os shows de músicas...

Minha surpresa foi que o motorista que nos levaria seria o primo que acabara de conhecer...

— Vem aqui dentro da boleia... — Se mostrou interessado. — tem muita poeira aí em cima. Vem com Dena aqui dentro... Deixa ela entrar, Dena.

Apertava-me próximo a direção e a marcha enquanto minha cunhada ia próximo a porta... A cada marcha, a mão dele passava roçando minhas pernas maliciosamente... Embora não tivesse experiência no assunto, entendi que ele queria que eu percebesse algo. Quanto mais eu tentasse me afastar naquele espaço minúsculo mais ele se deliciava com meu incômodo e desconforto.

Durante o dia tudo correu tranquilamente sem anormalidades do que se espera de um evento daquele porte. A noite, as luzes iluminavam os palcos com músicas e alegria. A certas horas da noite meus pensamentos diziam-me que não deveria ter ido, tinha aula no dia seguinte e ficaria exausta se não dormisse... minha impaciência era notável.

— Sono? — Uma voz falava por trás de mim, quase sussurrando no meu ouvido. — Vai para o carro e fica deitada no banco, fecha o vidro que o barulho do som diminui...

— Se não suportar o sono, irei. Obrigada.

— Não desperdice a oportunidade... Estou bonzinho hoje, rsrsrs...

"Que cretino!!!" Pensei.

— Fique com a chave. — Entregou e apontou onde estaria o carro.

Enquanto foi se afastando fiquei pensando na possibilidade de ir imediatamente...

Parece que vivo aquela cena como se fosse agora... Queria dizer que nada mais aconteceu dali por diante, porém, doce ilusão a minha... Meus problemas começavam naquela noite. Enquanto fingia que dormia no banco do carro, senti a porta abrir levemente e sem intenção de barulho... senti aquele corpo encostar vagarosamente no meu e ficar quietinho sem movimentos brusco como se não quisesse incomodar-me, somente ser notado... Gelei, confesso, mas aquela sensação de sentir aquele corpo encostado no meu foi única. Nunca havia sentido, nem estado em tal situação. Sentia-o ali próximo e meus pensamentos não desligavam, também não sabia se continuava fingindo dormir ou se abria a porta e saía correndo dali... Não sei explicar porque fiquei. Também não preciso contar que não dormi durante toda a noite. Quando o sol surgia... tentei afastar a mão dele que deslizou bobamente até meu quadril... Pergunto-me até hoje se ele dormia ou fingia igual a mim.

A volta para casa foi silenciosa, além do sono, a vergonha e nem uma vontade de encará-lo....

CAPÍTULO II

QUANDO O CORPO FALA MAIS QUE A RAZÃO

Dormi durante todo o dia, à tardinha, entrando na noite, fui para faculdade. Sentia frio na barriga quando lembrava a cena... estava sendo traída pelos meus impulsos e desejos sem mesmo perceber naquele momento... A prova??? Ah!!! A prova foi um fiasco... para minha sorte, o professor de psicologia arrumou-nos em círculo e mais conversou sobre o conteúdo do que avaliou-nos... Ufa!!! Embora soubesse o assunto, fiquei insegura porque tinha estudado pouco.

Durante toda a semana fiquei incomodada com a ausência do primo... procurei saber notícias com minha cunhada... e, discretamente o que havia acontecido que o mesmo "sumiu". A moça que trabalhava na casa fez questão de dizer que o primo enxerido estava no sítio. Minha mãe, que também estava no sítio, acabava de retornar e meu pai não desgrudava dos roçados... acreditava que teríamos um inverno bom.

A semana seguinte não iria haver aula porque os professores decidiram fazer uma paralisação por melhores salários. Hoje eu entendo. Naquele tempo achei absurdo ficar a semana parada sem fazer nada porque ainda não trabalhava.

Na segunda semana de maio seria a tão esperada vaquejada. As moças esperavam em festa, lotavam as feiras e comércios em busca de roupas e acessórios novos por acreditarem que lá conseguiriam namorado... Passei parte da minha infância e adolescência na capital, quando voltei para o interior não imaginava quão festivo era a cidade... Era recatada, parte da minha adolescência estudei no colégio das freiras franciscanas... o que me ajudou a desenvolver a literatura e outros gostos, como o silêncio e a leitura a sentar-se nas calçadas como costumeiramente as moças faziam. Para estudar, viajava umas duas horas no micro ônibus que levava estudantes ao campus... quando minha tia morreu, por ordem do meu pai, tive que voltar. Não tinha acostumado a rotina da cidade ainda. Gostava mesmo era de ficar em casa... eventos de festas era uma casualidade.

Minha mãe voltou para o sítio e fiquei sozinha novamente... meu pai encheu a sala da casa com sacos de arroz recém-colhido... choveu muito durante a semana e o arroz precisava ser retirado do roçado o mais rápido possível. O cheirinho dos campos enchia meu coração de alegria, mas o medo dos bichos peçonhentos era maior que a vontade de ir ao sítio.

Enquanto estudava largada na mesa da sala, minha irmã correu para abrir a porta... Ela ainda era muito menina, passava a semana estudando na cidade e nos finais de semana ia para o sítio porque gostava dos rios e do leite quentinho tirado cedo das vacas.

— G, o Rafael está aqui e estou de saída para casa de Joaquim. (Devo dizer que Joaquim era meu irmão mais velho que morava no interior).

— Quem é Rafael, espevitada? — Respondi sem me dar ao trabalho de levantar para ir ver de quem se tratava.

— Ué!!! Descobre. Beijos. Estou saindo.

Voltei aos livros, pensei que como ela estava de saída, o tal Rafael teria ido embora. Tal foi minha surpresa quando ele sentou em frente à minha cadeira do outro lado da mesa.

— Vim almoçar... — Falou secamente.

— Ah!!! — Fiquei olhando sua cara, achando-o o ser mais descarado do mundo... — Eu fazer almoço para você? Perdeu tempo...

— Vai me dizer que não fez, preguiçosa? Sabia que essas moças que levam o tempo só em estudar são mortas de preguiça. Rsrsrs. — escarneceu.

— Como é??? — Questionei indignada.

"Rafael..." "o nome dele é Rafael." Naquele momento não consegui pensar em uma resposta... só levantei e fui para o fogão, desafiada a mostrar que sabia cozinhar, e muito bem. Enquanto preparava algo para o almoço, me sentia observada, cada movimento, cada volta que fazia na cozinha era motivo de uma risadinha...

— Espera... vou te ajudar.

Enquanto fritava a carne para o almoço, ele pôs sua mão sobre a minha e com movimentos foi circulando a concha para virar as peças na frigideira. Encostava seu corpo no meu e podia senti-lo. Paralisada pelo contato próximo, parecia que o oxigênio me faltava, quanto mais tentava me esquivar, mais sentia-o.... ele fazia questão... era uma espécie de jogo e provocação. Lembrava-me os pares românticos das novelas... dos livros de literatura... S O C O R R O ! ! ! Gritava por dentro. Não entendia por que ele me provocava algo tão diferente, tão incomum... sensação de desespero, desejo, sei lá... tudo junto e misturado...

— Sai... Não encosta que atiro a frigideira de óleo quente em vc. — Disse e o empurrei com força.

— Que medo! rsrsrs...

— Para!!! Parece que se diverte as minhas custa. — Esbravejei...

— Eu trouxe "Dreher".

— O que é "Dreher"? — Quis saber.

— Um conhaque... Muito bom!!! Eu te sirvo.

— Um gole! Só um gole, nada mais, rsrs.

— Ok! Você quem manda.

...

— Me deixa na porta.

— Tá — Respondi e o acompanhei.

— Bucho cheio, mão lavada e pé na estrada, rsrsrs.

— Fique. — Pedi sem insistir.

— Você quer mesmo que fique? — Lançou-me aquele olhar novamente.

Aquele olhar me desnudava... me arrepiava... ele conseguia me deixar sem reação... sensação de nudez dos meus desejos. Enquanto pensava no que responder, fui puxada de impulso contra seu corpo. Meu coração batia sem controle. Perto dele não consegui pensar... apesar do seu jeito grosseiro, havia uma doçura nas palavras e um desejo tão profundo em seus olhos que me fazia viajar nos romances literários. Enquanto me apertava contra si, senti seus lábios me envolverem em um beijo de me tirar o fôlego. Em um gesto de desespero, empurrava-o inutilmente... sua boca descia rumo a lugares ainda não explorados... Respirei fundo tomada por um desejo até então desconhecido... vontade de aperta-lo e larga-lo ao mesmo tempo. Era tudo tão confuso.

— Me larga. Sai. Isso não volta a acontecer. Vai embora.

Ele parecia saborear o meu desespero.

— Passo a noite para lhe ver.

— Não. Ficou louco?

— Por que não? Eu volto a noite e sem conversa.

Devo dizer que fiquei desesperada e ao mesmo tempo criava expectativa do nosso futuro e próximo encontro. Sentia-me dominada, sentimento que não me agradava. Estava acostumada a ditar as regras... meus poucos namoros quando começavam a ficar sério, já dava por encerrado. Queria terminar meu curso, estava ainda no segundo semestre... meus pensamentos eram mais rápido que a razão.

...

— Vou dormir aqui... — avisava minha irmã.

— Tá. Se cuida. — recomendava.

Desliguei o telefone e corri para o banho. Malícia!!! Foi o que senti em minha atitude. Enquanto a água escorria no corpo, lembrava das últimas cenas com Rafael... "Rafael" ... minha cabeça parecia tonta. Confusa. Enquanto me vestia, pensei que seria bom estar a sós com ele. Assustei-me com meus pensamentos. Dizia para mim mesma: "Géssica, Géssica..."

Não demorou e logo Rafael chegou. Quando abri a porta, ele estava em pé com a mão encostada na parede e pensativo. Entendi que não o amava. Não podia ter nada com ele. O mesmo era muito desajeitado.

— Posso entrar?

— Sim — Respondi sem hesitar.

Na sala ainda, fui tomada pela cintura e pressionada contra o corpo de Rafael, ele não perdia tempo, nem oportunidade.

— Namora comigo? — Perguntou com olhos confusos.

— Não. Ficou louco? Você é meu primo.

— E daí... Primo não é irmão.

— Não... — enquanto respondia, um beijo inesperado e cheio de desejo me surpreendeu.

As mãos deslizavam meu corpo rumo ao inexplorável. Em um impulso, empurrava-o, mas entregava-me ao beijo e as caricias. Meu desejo se misturava com desespero...

— Não. — Sussurrei. — Não. Não...

Rafael era mesmo insistente e não ia desistir fácil.

— Posso dormir com você?

Naquele momento meu desespero foi ainda maior. Senti-me desrespeitada... pensava comigo "que atrevido", "burra... deixei ele pensar que sou mulher vivida..." "burra" ...

— Sai daqui... juro que isso não volta a acontecer. Vai embora.

— Vou... só que antes fica aqui... não vou lhe soltar...

Rafael apertava-me ainda mais forte contra seu corpo, podia senti-lo.... apavorei-me... eu realmente não sabia o que fazer para sair daquela situação. Eu gostava das suas carícias. Isso era ainda pior porque não sabia direito o que sentia. Era tudo tão confuso. Fui me deixando tocar. Sua boca descia até regiões antes não tocadas... Podia senti-la descendo meu pescoço enquanto sua mão tocava meu seio.

— Me larga, Rafael. — dizia enquanto o empurrava. Batia contra seu peito pedindo que me largasse.

Senti seus braços fortes prenderem minhas mãos contra a parede enquanto era sufocada por beijos salientes. O toque daquele homem me enlouquecia. Mas não assumia para mim mesma, nem tão pouco para ele. Era sensação de medo com sentimento de desejo... Pensei que talvez tivesse enlouquecido. E mais forte o empurrei e pedia angustiada que não me tocasse. Ele se afastou assustado diante do meu desespero.

— Você...??? você nunca teve "relações" com ninguém? — Perguntou desapontado enquanto me olhava seriamente.

— Não... Por que? — Escondi o rosto envergonhada.

— Rsrsrs... Jura? — Surpreso. — Mais você morou tantos anos na capital...

— E daí??? — Ignorei-o. — Por que morei na capital era para sair por aí pegando todos os homens?

— Não. Não foi isso que quis dizer. As pessoas sempre dizem que você é independente, dona do nariz... não acredito. Kkkkk

Não sei se me senti pior por ser virgem ou por estar sendo zoada... não bastava as colegas de faculdade. Sentia medo de uma relação de compromisso com alguém. Não fazer sexo para mim era: ser livre, não me ligar a ninguém e nem ser escravizada — pensava assim. E, não tinha tido interesse em ninguém ainda.

— Vai embora. Preciso dormir. Vai logo... me deixa em paz. — Implorei.

— Tá bom! Eu vou. Mas antes olha nos meus olhos e me responde... — Falou confrontando-me — Por que você é tão brava comigo?

— Vai embora... por favor. Não me procure mais.

Via no seu olhar decepção mas não entendia. Fechei a porta e sentei em choro sobre os joelhos. Não contei o tempo que passei ali sem entender o que tinha acontecido. Quanto mais lembrava da cena, mais chorava... tudo parecia sem lógica.

CAPÍTULO III

QUANDO NOS PERDEMOS NAQUILO QUE NÃO PODEMOS ACHAR EM NÓS

A semana passou lentamente. Fiquei atormentada pelo acontecido. Dava graças a Deus que as aulas já haviam retornado. Enfim os professores e o sindicato conseguiram um bom acordo com o governo. Fui tentando não levar tão a sério as bobagens do meu primo. Afinal ele era só meu primo...

— Você já sabe que Rafael vai viajar? — Perguntou Dena (a cunhada – esposa do Joaquim).

— Não. — Respondi surpresa. — E vai para onde?

— Para a capital. Vai trabalhar... disse que não tem mais nada para fazer aqui.

— Fico feliz por ele. — Respondi não mostrando interesse.

— Cuida no almoço, seu pai e sua mãe chegam hoje do sitio. — Esbravejou minha cunhada.

Com a refeição pronta... meus pais já haviam chegado... estavam contentes com a safra do feijão e do milho. Devo dizer que aquele foi um dos melhores invernos do estado que me lembro. A colheita do arroz já feita, eles precisavam terminar de colher o feijão para não apodrecer na roça com tanta água.

— Quem quiser almoçar, sirva-se. Não ponho comida nem para meu marido, rsrs. — Brincou a cunhada.

Mal pude acreditar quando meus olhos viram entrar pela porta da cozinha o Rafael, barba feita, mais sério. Dei risadas por dentro. Achei ele tão desajeitado nas últimas vezes que o vi.

— Rafael, almoce conosco. — Pediu meu pai. — Sente-se e sirva-se. Como vai seu pai? As roças foram boas esse ano para ele?

— Foram sim... está muito empolgado com o gado... o velho decidiu criar gado agora. Rsrsrs.

— Que bom que tomou juízo. Nunca fez progresso em nada.

— João... — Advertiu minha mãe a meu pai.

— Deixa, tia. O velho é "raparigueiro" mesmo. Gasta tudo com as "quengas". Kkkkk

— Não à toa que minha tia o deixou... — contestei.

— Verdade. — Vi concordar comigo agoniado.

— E você não casou por quê? Já está no tempo. — Perguntou meu pai a Rafael sem cerimônia.

— Estou muito novo ainda... — Brincou.

— 20? — Quis confirmar minha mãe.

— Vou fazer 21. — lançando-me um olhar, afirmou. — Já posso casar sem assinatura dos pais, kkkkk.

Surpreendeu-me a idade de Rafael, acreditava que ele tivesse uns 22... eu já tinha completado 21 em janeiro, ele completaria, de acordo com a conversa, no mês de dezembro. O que me deixou constrangida por saber que eu era mais velha que ele alguns meses. Quando o almoço terminou fui levada a sala puxada por Rafael.

— Cadê sua namorada? — Quis saber sem preocupação. — Dena me falou que você tem uma mulher na rua Das Olivas.

— Não tenho namorada. — Afirmou. — Minha namorada é você. — falou atrevido.

— Sei... não foi o que soube. Por que você fica me paquerando e mente pra mim?

— Já falei que não tenho ninguém. — Respondeu segurando meu braço. — Venha aqui.

Em um impulso, beijou-me sem preocupação se seriamos vistos por quem estava na cozinha. Eu relutava para me livrar do seu aperto.

— Estou indo embora por sua causa. — Falou duramente.

— Por minha causa? Essa é boa... — Quis saber. — O que tenho haver com sua decisão de ir embora?

— Você não quis nada comigo e ... — saiu me deixando contrariada com sua atitude.

Não entendia o que se passava com Rafael, ele era estranho e misterioso... Mas havia se superado daquela vez. Soube que ele viajou logo em seguida. Os dias se passaram sem nenhuma novidade. Fiquei admirada quando recebi um telefonema dele perguntando se estava tudo bem comigo e se estava tudo tranquilo. Logo respondi que sim... de casa para faculdade ou para alguns finais de semana no sítio me faltava tempo para especular as novidades do lugar. Não demorou muito e logo me contaram a fofoca. Quando ia para o ponto de ônibus que me levaria a universidade, uma suposta amiga de Rafael me abordou e perguntou por ele, respondi que havia falado com ele não tinha muito tempo. Não sei o nome dela, mas fiquei triste com o que ela falou... pediu que entrasse em contato com ele e dissesse que a mulher da rua Das Olivas esperava um bebê dele. Meu coração quase saiu pela boca com aquela notícia. Nunca imaginei que ele pudesse fazer algo do tipo... fiquei triste... mas a vida seguiu...

CAPÍTULO IV

DO ESPERADO AO INUSITADO

Passaram-se meses e eu nada soube do Rafael. Os mexericos continuavam... mas permanecia longe deles porque não me faziam bem. Confesso que junto com a decepção eu sentia muita saudade do Rafa.

Naquele dia fiquei confusa com a intensidade das lembranças... fui para o quarto estudar e permaneci lá por horas sem me dar conta do tempo. Ora me concentrava no conteúdo das apostilas, ora me debruçava sobre as lembranças. Elas eram como carrossel girando teimosamente em mim. Ouvi batidas na porta e quando saí do quarto me dei conta que já tinha escurecido... grande foi minha surpresa... era Rafael, arrumado, perfumado, barba feita... já entrou impulsionando-me contra a parede e beijava-me excessivamente.

— Senti muita saudade... senti sua falta... descobri que você é a mulher que quero para minha vida toda.

Seus braços me envolviam em um abraço intenso e terno, nunca havia sentido tanto sentimento em uma única atitude. Era abraço de desespero misturado com paixão... não compreendia... mas me envolvi naquele abraço tão intenso, tão meu que não conseguia larga-lo. Sentia ali um turbilhão de emoções juntas com as dele. Pude me senti amada e desejada... não me peçam explicações... apenas entendam com a razão do coração.

Não perguntei sobre o suposto filho... mas meu coração se corroía de ciúmes e raiva e não me continha. As carícias foram demasiadas e deixei-me levar por aquela situação. Logo eu que achava ser tão segura de mim mesma. Perdida de paixão por alguém tão inconstante. Era demais para mim aceitar a ideia de estar envolvida com ele. Em silêncio nos abraçávamos como um só.

Permanecemos ali abraçados por longos minutos sentindo a respiração e a pele um do outro... pensei: "estou perdida, me apaixonei." Nada nos interrompeu ali até eu ter um momento de razão e pedi que ele me explicasse que dia havia chegado e por que tinha voltado.

— Cheguei tem menos de meia hora. Só tomei um banho e vim correndo te ver. — Respondeu carinhosamente.

Falava e beijava-me com intensidade, não pude dizer mais nada. Fiquei sem reação. Desejava-o ardentemente e não conseguia mais esconder isso. Embora tentasse sair-me, sempre acabava cedendo aos seus beijos e as suas carícias...

— Vamos sair? — Perguntou.

A pergunta inquietou-me porque entendia que ele queria algo que ainda não poderia dar-lhe.

— Ir na praça, conversarmos... tomar uma bebida. Sair um pouco. — falou ao perceber minha inquietação.

— Entendi... Deixa eu pôr uma roupa... Estava estudando e não saí do quarto quase para nada hoje.

— Eu espero.

— Você já jantou? — Quis saber.

— Não. A gente come qualquer coisa por aí. Vamos...

...

Fomos a uma festa que acontecia em um clube de dança da cidade... conversamos muito e discutimos também porque não entendia porque ele me falava de amor e havia engravidado outra mulher. Ele foi me explicando que havia saído da minha casa certo dia bem desconcertado porque o rejeitei e encontrou essa amiga e ficaram naquela noite... até hoje não entendo porque não terminei ali... razões que não sei explicar.

Os dias que ele permaneceu na cidade vivemos intensamente cada momento, mas não tive coragem de me entregar a ele por inteira... apesar da minha loucura por ele, queria constituir uma família e tinha medo que logo ele se cansasse de mim e fosse embora. Mas era tudo tão intenso e sentia sua paixão e seus sentimentos como verdadeiros. Descuidei dos estudos um pouco e sentia-me culpada.

Certa noite, ficamos conversando na porta de casa até tarde e não percebemos o adiantar da hora. Então convidei-o para entrar e dormir ali. Dormimos abraçados e nada fizemos... foi quando descobri seu respeito apesar dos seus desejos... fiquei ainda mais encantada porque Rafael respeitou meus limites. No dia seguinte minha mãe chegou do sítio... acho que não soube de nada. Se é que alguém não foi dizer e esse tenha sido o motivo dela chegar tão cedo.

Rafael viajou novamente e fiquei aguardando seu retorno. Devo dizer que ficamos noivos... mas meu coração estava inquieto... eram muitas especulações em torno do nosso casamento e a gravidez da mulher da rua Das Olivas... Quase três meses já haviam se passado desde que ele viajou... muitas brigas por telefone...

O natal estava próximo e estava organizando uma peça de teatro junto com o grupo de jovens da igreja... alguém veio dizer que Rafael tinha ligado para a mulher para saber da bebê que havia nascido... surtei no momento e vi-me totalmente fora de mim... nunca tinha sentido tanto ciúme em minha existência. Odiava aquilo e estava confusa, sufocada.

Liguei para Rafael possessa de raiva e decepção. Disse muitas coisas e terminei tudo. Falei para ele vim resolver seus problemas porque estavam me atingindo... três dias se passaram e era noite de natal. Estávamos agitados porque a peça aconteceria naquela noite. Rafael ligou durante o dia e eu disse a ele que só conversava pessoalmente.

A peça estava marcada para acontecer após a missa do natal, umas dez horas da noite. Mal podia acreditar, estava tudo tão lindo e organizado. Passamos a tarde arrumando o cenário, microfones, figurinos, tudo para não deixar a desejar... foi muito bom porque esqueci dos acontecimentos recentes. Mas estava entristecida...

Próximo das sete da noite todos estavam procurando espaço para se arrumar, a missa era aguardada... na cidade tinha duas missas na noite natalina: uma na igreja da pracinha próximo a casa dos meus pais e outra na matriz a meia noite. Depois da missa tinham os fogos que enfeitavam a noite... a cidade estava lindíssima.

Estava já arrumada, a expectativa para a apresentação era imensa. Entrei em casa para pegar algumas peças de enfeites, quando estava de saída para a praça onde aconteceria o evento dei de cara com Rafael na porta da casa, por coincidência ele chegara enquanto saía. Tomei um susto e pega de surpresa quase passo mal. Voltei na direção de dentro da casa.

— Não me convida para entrar? — Perguntou temeroso.

— Entra. — Respondi asperamente.

— Precisamos conversar. — Falou e segurou-me contra si.

— Não temos nada para conversar. — Respondi desviando-me do seu olhar.

— Temos e você sabe que sim.

Naquele momento nos beijamos em um ímpeto de loucura... podia senti sua respiração ofegante.

— Você pediu que viesse para resolver pessoalmente, eu vim. Não saio daqui antes de nos entendermos.

Julguem-me se puderem e suas consciências não faltem nos casos de amor... Quando o vi parado na porta de casa, não sei explicar os sentimentos ali: uma mistura de raiva e paixão... ao tempo que quis fugir também quis ficar. Choramos juntos e não entendo até hoje aquela situação.

— Por que estamos nos machucando tanto? Por que tudo isso? Eu fui culpado e peço perdão. Eu te amo!!!

Meu coração disparou diante daquela declaração. Não foi só a frase, foi toda a situação. Hoje posso dizer que vivi uma novela mexicana. Rsrs. Entregava-me aos beijos misturados com lágrimas e sentimentos. Jamais esqueci. Por muitos anos a lembrança daquela situação me causava frio na barriga...

A noite e tudo que aconteceu a seguir foi tranquilo. Minha mente revivia a cena e não podia parar meus pensamentos... naquela mesma noite conhecemos a filha dele. Era uma bebê muito linda e sinto um arrependimento de não ter parado toda aquela situação e, embora ele dissesse que mesmo que não estivéssemos juntos não ficaria com a mãe da criança, sentia-me culpada por ter roubado o direito dela de estar ao lado do pai.

CAPÍTULO V

DA PAIXÃO A CONCRETIZAÇÃO DO AMOR CARNAL

Rafael só tinha oito dias e não podia ficar mais tempo. Passaria a noite de ano na estrada. Procurou agilizar os papéis do casamento... não foi possível porque precisaríamos de mais tempo. O cartório precisava de no mínimo 30 dias para que todos os papéis ficassem prontos. Vivemos os dias que ele ficou na cidade intensamente. Fizemos juras de amor e não podíamos pensar na ideia de estarmos separados. Combinamos que logo que terminasse o semestre da faculdade iria ficar com ele na capital. No segundo período do ano estava viajando para a casa do meu irmão (de idade próxima ao mais velho) que já morava a muitos anos lá.

Rafael pegou-me na rodoviária... mal desci do ônibus, vi-o ansioso na plataforma a esperar-me. Pegou umas caixas que eu levava e saímos dali apressados por causa do movimento... andamos um pouco e descemos uma longo escada rolante. Quando afastamo-nos um pouco do lugar de embarque, Rafael parou, pôs as caixas no chão e abraçou-me com carinho e cuidados.

Rafael insistiu que não perdêssemos tempo e marcássemos a data o mais rápido possível. Incomodava-me o fato de não ter terminado o curso no interior e não tinha como transferi-lo para capital. Às vezes perguntava-me se era isso mesmo que queria.

Em um noite fomos jantar em um restaurante próximo ao trabalho dele ... insistia para que consumássemos nosso relacionamento, mas ainda não me sentia segura o suficiente. Ficamos parados abraçados na passarela que ligava a avenida ao centro... perdi a noção do tempo que ficamos ali juntinhos.

Meu irmão sempre aconselhando a pensar melhor nas decisões que deveria tomar... e eu mesmo apaixonada, vivia confusa por tudo que deixei para trás. A única coisa que me deixava mais confusa que o Rafael era a possibilidade de viver na dependência dele sem emprego. Acreditava que mulher devia ser independente e não depender de homem financeiramente, mas vi-me enlaçado em um relacionamento que ia contra tudo que acreditava. Minha renuncia pelo amor era perturbadora.

Rafael estava terminando o ensino médio ainda. Não demorou muito e fui vencida pela paixão e os desejos. Faltava ainda uns dias para nosso casamento. Rafael planejou tudo. Viajamos para o interior próximo a capital. Ficamos em uma casa linda e muito confortável. Jantamos e Rafael tomou-me nos braços e conduziu-me pelas escadas até o quarto que ficava no primeiro andar.

Nossos olhos procuravam um ao outro. Rafael puxou-me para junto dele e beijamo-nos muito, cuidadosamente ele me acariciava enquanto eu observava-o como em um ritual sagrado... vi minha blusa ser retirada do corpo aos poucos e senti vergonha quando ele observava atento aos detalhes do que ia lhe sendo mostrado... suas mãos e sua boca trabalhavam com desenvoltura, sentia medo e prazer... com calma e paciência de ambos, vi meu corpo ser desbravado por completo enquanto gemia de dor e gargalhava de prazer... sensação que não sei explicar... sei que vivi...

— Obrigado... — Ouvi atordoada. — Obrigado por me confiar sua descoberta... Eu te amo... te amo muito, minha linda...

Quanta doçura pude observar naquele momento... quanto amor e quanta intensidade... Sentia-me a mulher mais sortuda do mundo. Mais amada e mais desejada... nunca havia vivido algo igual...

Voltamos a capital e decidimos irmos para nossa casa mesmo estando ainda em construção. Meu conto de fadas estava voltando a realidade. Passado um período, comecei a sentir medo... Rafael trabalhava mais ainda e eu não conseguia trabalho para ajudar nas despesas.

CAPÍTULO VI

OS PROBLEMAS ERAM O PILAR QUE ESTAVA PRESTE A RUIR

Vendo a agonia do Rafael para segurar as despesas e a construção sozinho, tomei coragem e fui a luta. Consegui trabalho em um supermercado que abriria na semana seguinte. Comecei logo no primeiro dia de inauguração... feliz por ter conseguido trabalho e frustrada por ser distante de casa... saía as 3;00 hs da manhã e chegava as 22;00 hs, as vezes encontrava o Rafael dormindo.

Não demorou muito a conhecer o lado podre do ser humano. O gerente passou a assediar-me... enquanto fosse só palavras não incomodavam... fiquei calada com medo de perder o trabalho... meu silêncio foi a pior decisão que tomei... certo dia o gerente ficou no caixa enquanto tirava minha hora de almoço... as sete da noite quando fomos fechar o caixa, a conta não bateu... e ele insistia que tínhamos que resolver tudo naquela hora, naquela noite... mostrei a bolsa, revirei os bolsos, mas não foi o suficiente... ele alegou que eu precisava ficar para resolver... dispensou todas as outras... me angustiei e pedi que elas me esperassem do lado de fora do supermercado... elas foram amigas e ficaram por fora após ele fechar o portão... enquanto revirava as gavetas, ele puxou-me para si e retorcia-me procurando saí.. Presa naquele laço passei a gritar e logo as outras moças que trabalhavam ali começaram a bater no portão e, chamarem e, pedirem que abrissem ou iriam chamar a polícia... me senti aliviada quando ele abriu o portão frustrado.

No dia seguinte tomei coragem e fui até lá... o dono já se encontrava... me chamou na sua sala e pediu que explicasse o motivo do caixa ter dado uma diferença tão grande...

— Não consigo explicar, senhor... deixei o caixa somente no meu horário de almoço, não sei como errei dessa forma.

— Você entende que não pode continuar trabalhando aqui? Não a denunciarei, mas não pode continuar...

Agradeci a confiança... Virei para o gerente e falei duramente repreendendo-o pela noite anterior... o dono pediu-me explicação e disse-lhe que ele perguntasse ao fulano... não sei como saí dali sem agredi-lo com uns bons tapas...

"Dias depois uma das colegas de trabalho me ligou e confirmou que com minha saída o dono quis saber o que havia acontecido naquele dia... elas disseram... o desfecho nunca soube."

Quando cheguei em casa... exausta... não aguentei e desabei aos prantos... Rafael abraçou-me amorosamente e pude explicar-lhe o que aconteceu e ele depositou confiança em tudo que falei... na hora, quis tomar satisfação, depois, pude acalmá-lo ... Ele pediu que não voltasse a procurar trabalho... o que ganhava era suficiente... Achava impressionante sua paciência e calma em resolver as coisa... hoje acho que era só frieza...

Fizemos amor loucamente naquela noite...

— Eu te amo, Rafael — Disse sem pensar. – Queria que o tempo parasse aqui, quando estou em teus braços me sinto segura.

Não acreditava no que tinha acabado de falar... não só falava como sentia. Senti-me totalmente entregue aquele homem, aquele sentimento... resumindo: senti-me escravizada por um sentimento que me causava medo. Assim pensava.

Os dias passavam e Rafael chegava cada vez mais tarde. Sentia uma angústia e brigava sem motivo... ou com motivos? Não sei...

Certo dia, minha amiga pediu que a acompanhasse até a casa do seu ex-marido para pegar algumas coisas que deixou lá. Sentia medo e não queria ir sozinha. Demoramos mais que o esperado e quando voltei para casa Rafael já havia chegado e não conseguiu disfarçar seu desprezo por eu ter saído... ele estava sentado na cama quando entrei no quarto... pensativo... levantou-se bruscamente e deu um soco no guarda-roupa que o fez cair e saiu em seguida para resolver algo com o vizinho.

Minha amiga havia me dito: "seu ciúme do Rafael é tão grande que não percebe o dele". Não concordei na hora, mas hoje, pensando melhor, vejo que talvez ela estivesse certa.

Quando Rafael voltou... estava chorando, muito nervosa e sangrando muito. Achei que estava menstruada... ele rapidamente ligou para farmácia e pediu que trouxessem algum remédio que servisse para cólicas e dores. "Coisa de gente sem conhecimento sair por aí medicando". Senti uma frieza nas suas atitudes que não havia visto antes; jantamos e logo Rafael tomou-me em seus braços e entreguei-me com paixão; enxuguei minhas lágrimas no seu beijo e senti-me péssima... dependente e inconformada por ter aceitado tal atitude. Não fizemos amor naquela noite, apenas nos beijamos e trocamos carícias. Ao mesmo tempo que odiava suas atitudes, o amava, o desejava, sentia-me emocionalmente fragilizada.

CAPÍTULO VII

DO AMOR AO FRACASSO... A INCERTEZA...

Dias passaram e já completava um ano e oito meses do nosso casamento... Cada dia consumia-me nos meus sentimentos e incertezas... Perguntava-me se Rafael havia mudado ou eu. Se seria por que não o conhecia suficiente quando nos casamos ou o amor não era suficiente para uma relação dar certo.

Amávamo-nos, eu não tinha dúvida. Ainda fazíamos amor com desejo e intensidade e isso eu achava loucura enquanto o resto ruía. Não conversávamos mais. O silêncio imperava e quando falávamos era para brigar. Brigas que sempre acabavam na cama... doidos e desesperados de desejo um pelo outro... não conseguia acreditar nisso. Havia me tornado escrava de mim mesma... dos meus desejos. Tinha passado a ser dependente em tudo dele.

Rafael falava em filhos... eu tinha recebido um diagnóstico que não poderia tê-los até terminar um tratamento. A médica confirmou através de exames clínicos a minha dificuldade para engravidar, mas não falou ser impossível e eu agarrei-me ao possível.

A gota que faltava para o fim foi quando eu soube que ele tinha outra filha na capital... pela idade seria mais velha que a outra que já tinha conhecido no interior. Ele negava e consumia-se na mentira com medo do fim do casamento. Eu só desejava a verdade e era difícil para ele falar e assumir esse acerto que tivera no passado.

Os dias seguiram e eu sangrava cada dia mais. Não entendia meu fluxo tão descontrolado. Em uma discussão que tivemos, ele me agrediu segurando-me pelos cabelos... outra vez: tomei um tapa no rosto... posso dizer que o pedido de desculpa acabou na cama... foi o fim para mim. Embora o amasse, não podia aceitar aquela situação. Vi meus sonhos ruírem e para minha tristeza, meu irmão já estava sabendo pelos vizinhos das agressões.

Voltei a trabalhar, dessa vez como babá (o trabalho ficava mais perto de casa). Com um mês de trabalho, ao voltar, deparei-me com uma briga entre meu irmão e meu marido. Não conseguia acreditar. Não entendia. Minha cunhada me culpava. No dia seguinte seria minha folga e quando Rafa saiu para trabalhar, procurei meu irmão e quis saber o motivo da briga entre eles... o mesmo me perguntou se eu não sentia vergonha de ter largado tudo por aquele homem que me agredia.

Seguro, ele dizia-me que o deixasse imediatamente se não quisesse morrer como muitas. Senti um clima de discórdia e naquele mesmo dia pedi a Rafael que me comprasse uma passagem, precisava visitar minha mãe que estava doente. E ela estava mesmo. Ele se recusou e logo ficou bravo comigo. Mesmo assim eu insistia que precisava ver minha mãe. Sentia saudades dela e estava preocupada.

Ele cansou de ouvir o meu pedido durante três dias seguidos e, aborrecido, comprou logo a passagem para dois dias depois. Amamo-nos desesperadamente naquelas noites que antecediam a viagem. Aquele sentimento era intenso, mas as vezes, sufocava-me.

Falou que não me levaria na rodoviária porque não queria ver minha partida. Não sei que sentimento ou pensamento se passou ali, ele não foi e meu irmão me deixou no local de partida me advertindo que aproveitasse para pensar melhor na vida.

Enquanto vinha no ônibus, sentia-me aliviada e desejei nunca mais retornar. Meus pensamentos decidiam não voltar nunca mais aquele lugar de tanto amor e tanto sofrimento. Estava decidida a não mais querê-lo. Mas só eu sabia disso naquele momento.

...

Já na casa dos meus pais, sentia-me tão mais leve, parecia que tinha chegado do meio do furacão, da turbulência. Percebi que com os dias e menos preocupações os picos de sangramento cessaram. Mesmo assim procurei logo aconselhamento médico... não suspeitava do inusitado. Sem diagnóstico, o médico foi logo afirmando que se tratava de um mioma.

Com os dias e acredito ter sido saudade, não sei, Rafael insistia para que retornasse. Logo afirmei-lhe que não mais retornaria. Doía-me, mas não voltaria lá nunca mais, foram minhas palavras. Sentia ele enfurecido e sem paciência com aquela situação. Foram muitas brigas por telefone e não mudava minha opinião. Sentia-me traumatizada e culpava o lugar, não me imaginava retornando...

Sentia incômodo e desconforto, minha mãe afirmava que eu estaria grávida e que mudasse de médico. Com três meses e vendo o crescimento da barriga, embora o médico me afirmasse categoricamente ser um mioma mesmo sem nem um exame... finalmente decidi que procuraria outro diagnóstico. Mudei para uma doutora e logo pediu uma ultrassom pélvica. Fui pensando que poderia ser meu pesadelo confirmar que estava doente... qual não foi minha surpresa... estava grávida de um menino e já estava com cinco meses, estava com três meses que havia retornado, então calculei que quando cheguei no interior já estava com dois meses o que explicava os sangramentos repentinos que sentia ainda na capital.

Mesmo sem nenhuma intenção de retornar, logo liguei e avisei a Rafael. Ele tratou-me com desconfiança e calado não mostrava mais interesse no meu retorno. Ele continuava misterioso e cheio de incertezas para mim. A minha maior alegria era o conforto de saber da chegada do meu filho. No mesmo dia que descobri que o esperava soube que seria um menino. Essa notícia encheu-me de ânimo e decidi voltar ao campus. Fui aceita novamente e continuei de onde parei. Confesso que não foi fácil, mas estava decidida a recomeçar.

...

CAPÍTULO VIII

É PRECISO MUITA CORAGEM PARA RECOMEÇAR

Não contava mais os dias e esperava com paciência naquilo que Deus havia planejado para mim. Vivia assustada com as incertezas do amanhã... não estava fácil a renúncia que fiz. Rafael fazia-me muita falta, mas não retornaria. Estava decidida.

Rafael veio um passeio no interior e vemo-nos, menos magoada, ficamos e pensei que talvez pudéssemos recomeçar. Ainda estava assustada com tudo... não entendia direito ainda o que acontecia.

Não demorou e logo descobri as aventuras de Rafael, onde ele passou, deixou mulheres com quem se relacionava. Minha decepção foi pior que as anteriores. Soube que ele deixou uma noiva no interior (cidade vizinha onde morava) sem mesmo termos nos divorciados. Rasguei o coração no desespero e tive que conter-me porque o mais importante era o filho que esperava. Não houve um momento que víssemo-nos e não desejássemos um ao outro. Demorou o desligamento total. Ele na capital e eu no interior. Quando Miguel completou dois anos, voltei a capital e fiquei um mês e nos divorciamos. Mesmo ano que terminava o curso na universidade. Ele me odiou com a mesma intensidade que me amou... os olhos que um dia vi amor, naquele momento só via ódio e rancor. Cheguei a compará-lo ao Paulo Honório do livro São Bernardo (não lembro o porquê precisamente).

Senti seu amor e seu ódio. Ele deixava claro que não tornaria minha vida fácil e sentia medo das suas atitudes. Meu irmão deixou para ele bem evidente que não lhe daria sossego se algo me acontecesse.

Um ano havia se passado desde do nosso divórcio e embora soubesse da noiva que arrumara quando ainda éramos casados nunca imaginei senti o que senti naquela manhã de segunda-feira de um dezembro por aí.

Voltava do sítio e decidi pegar nosso filho que Rafael tinha levado para passar a semana com ele. Todos os anos desde que terminamos, ele vinha nas férias para o interior. Vinha visitar a noiva e os filhos. Naquele dia tive uma desagradável surpresa, embora soubesse que mais cedo ou mais tarde isso iria acontecer... O encontrei nos braços da nova esposa... naquele momento pedi aos céus que o chão se abrisse e consumisse-me ali mesmo. Não entendi aquele sentimento. Doía na carne e na alma a cena que acabava de presenciar.

— Casou? — Foram minhas palavras.

— Casamos. — Respondeu indiferente.

Apenas "sorri sem graça" enquanto ouvia ela responder por ele. Sai sem direção e sentei no banco da praça, a voz não saia, as lágrimas eu tentava conter e não conseguia.

— Mamãe, está chorando? O que foi, mamãe? Ouvia Miguel repetir enquanto tentava passar a mão em meu rosto para secar as lágrimas.

Contive-me e decidi não mais chorar... voltei para a casa dos meus pais. Abraçava Miguel com intensidade e ternura buscando conforto. Achei que nada mais me atingiria vindo do Rafael, mas estava enganada e descobri naquele dia. O mesmo sentimento do amor, é o da dor e do ódio. Nunca consegui odiar Rafael. Embora saiba que ele me odiou com a mesma intensidade com que me amou. Sentia uma dor machucada e doída sempre que ele me decepcionava. Ódio não lembro de ter sentido.

...

Depois do episódio que presenciei, não deixei que Rafael levasse Miguel para ficar em sua companhia. Esse sentimento eu entendia... estava enciumada porque ele incentivava meu filho Miguel a chamar sua segunda esposa de mãe. Nem de longe eu aceitaria isso e ele sabia por isso me provocava. Essas provocações continuaram durante o mês que ele ficou na cidade. Contive-me e pedi aos céus que o mesmo viajasse o mais rápido possível.

Já exercendo minha profissão de psicóloga na cidade, fui trabalhar atendendo crianças das escolas públicas. Estava muito bem... amava minha profissão. Era a realização de um sonho. Tudo acontecia com normalidade e evitava as fofocas que envolvesse o nome do Rafael. Tentava fazer de conta que o mesmo não existia.

Certo dia quando Miguel ficou muito doente e precisei levá-lo ao hospital, comuniquei a Rafael por telefone e ele me avisou que não tinha dinheiro se era isso que procurava, ele foi desumano em suas palavras. Disse-me que agora tinha uma esposa e não dispunha de recursos, embora eu não tivesse falado no assunto. Entendi que ele fazia questão de me machucar e não considerei suas palavras. "Mesmo trabalhando, fiz questão que Rafael pagasse pensão, disso eu não abri mão. E fiz de tudo para que ele cumprisse direitinho seu compromisso com o filho. Quando ele atrasava, já sabia onde resolvia".

— Só liguei para comunicar, guarde seu dinheiro... disponho de recurso suficiente para cuidar das despesas do Miguel.

Desliguei o telefone constrangida e decepcionada. Ele parecia que queria mostrar a ela que o motivo da minha ligação tinha sido dinheiro. Descobria o lado mais sombrio do Rafael. No mês seguinte ele retornou a cidade com a esposa. As festividade de final de ano estava próximo e ele sempre vinha nesse período a casa dos pais.

Certa tarde, quando retornava do trabalho, o encontrei na porta da minha casa. A essa altura eu já morava sozinha com meu filho. A moça que cuidava do Miguel avisou-me que ele veio pegá-lo e não autorizou e pediu que o mesmo esperasse eu chegar do trabalho que não tardaria.

— Boa tarde, doutora. — Falou-me ironicamente enquanto buscava meu olhar.

— Boa tarde, Rafael. O que faz aqui? — Quis saber.

— Quero levar Miguel e a babá não autorizou.

— Por que não ligou avisando que viria? Telefone existe para isso. — Falei contendo minha raiva por vê-lo ali parado parecendo um poste.

Rafael jogava comigo... tentava de alguma maneira me constranger. As vezes percebia que o mesmo queria usar Miguel para isso. Nesse dia tinha recebido um convite para jantar, era um colega de trabalho e profissão. Não perdi a oportunidade de atirar-lhe na cara.

— Leve Miguel. A noite vou sair e preciso de alguém que fique com ele. — Disparei maliciosamente. Confesso que não contive meu sorriso por dentro ao vê-lo se retorcendo de ciúmes.

...

Por volta das sete da noite. Miguel batia na porta chamando por mamãe. Fiquei aflita imaginando que talvez Rafael o teria deixado sozinho. Depressa corri para abrir e fiquei surpresa, Rafael estava escorado no portão de entrada do jardim com um pé encostado na parede. Observei-o de cima a baixo... ele vestia uma roupa leve, dessas que usamos em casa e tinha barba mal feita... ficou desconcertado com meu olhar de reprovação.

— Achei que você só traria Miguel amanhã. — Falei surpresa.

— Ele queria vim e pedia pela mãe. — Falou se aproximando.

Pude senti a respiração de Rafael bem próxima e não consegui disfarçar meu embaraço.

— Vai sair? — Ele quis saber.

— Sim. — Respondi enquanto terminava de pôr os brincos. — Vou sair para um jantar com um amigo. Te falei mais cedo.

— Miguel precisa de você. — Falou tentando buscar meu olhar.

Enquanto falava, entrou de porta a dentro segurando a mão do Miguelzinho deixando-me sem reação. Quando respirei um pouco.... Entrei atrás deles. O encontrei deitado na minha cama com Miguel nos braços tentando pô-lo para dormir.

— você precisa sair da minha casa. — Contestei. — Sua mulher pode sentir ciúmes. Sai logo... cuida.

— Você vai deixar Miguel só em casa? — Falava friamente. — Pode ir, eu fico com ele hoje.

Eu não estava acreditando na cena patética que estava presenciando. Nem de longe o deixaria sozinho na minha casa. Pedi várias vezes que saísse e obtive o silêncio por resposta, ele parecia fingir um sono repentino... parecia dormir de olhos fechados e imóvel.

Quando meu amigo tocou a campainha logo sai temerosa que ele visse o Rafael na minha casa. Avisei que a moça não poderia ficar com Miguel naquela noite e não poderia ir com ele. Ele insistia que o levássemos, mas logo avisei duramente que não iria. Respondi que meu filho já dormia e não teria como sairmos naquela noite.

— Desistiu? — Quis saber Rafael quando retornei ao quarto.

Sentia raiva no momento e não podia acreditar no que meus olhos viam. Voltei as mesmas incertezas do início e senti-me desamparada. Estava confusa nos meus sentimentos...

— Senta aqui perto de mim para conversarmos. — Insistiu Rafael apontando a borda da cama.

Não entendia, apenas obedeci como em um ritual de total submissão. Gelei quando senti sua mão tocar minhas pernas maliciosamente. Miguel já tinha dormido e Rafael não perdeu tempo... enquanto fiquei imóvel, em estado de paralisação, Rafael me tocava em desespero de alma... buscava meu beijo com intensidade e acariciava-me nos pontos que ele conhecia como ninguém. Deslizei em seus braços e não fiz resistência... fizemos amor com loucura e matamos nossos desejos escondidos um pelo outro... não o compreendia e já não faria mais esforço para compreender.

Quando Rafael saiu da minha casa pela manhã, senti-me suja e desalmada por causa da mulher dele e entrei em desespero... no mesmo dia, decidida, procurei mudar de cidade e nunca mais voltar a vê-lo. Procurava alugar uma casa em uma cidade a alguns quilômetros dali, já fazia alguns atendimentos por lá esporadicamente durante a semana. Um amigo da época de universitária me ajudou e pediu que ficasse na casa dele, avisou que não se incomodaria já que vivia sozinho e não tinha intensão de casar nem tão cedo. Não perdi tempo, precisava me afastar do Rafael custasse o que custar. Não pensei nas consequências. Apenas procurei sair da cidade rápido.

Sumi e não dei o endereço, soube pelo meu irmão que Rafael enlouquecia procurando saber onde teria ido morar.

Pedi que avisasse que casei e não gostaria de ser incomodada. Aproveitei que dividiria a casa com o amigo e não perdi tempo. Perguntei ao Santos se podia e ele respondeu que não teria problema. Não tinha compromisso com ninguém. Seria até melhor que as pessoas acreditassem que estávamos juntos mesmo. Não entendi, mas resolvemos tudo. Espalhou-se o boato que tinha casado e Rafael não pôde conter sua frustração. Aquilo alegrava-me e sentia-me má.

Não demorou muito e em seis meses Rafael me encontrou. Apareceu na casa do meu amigo com a desculpa que tinha ido buscar o Miguel e repreendeu-me duramente por ter sumido com ele. Falou que minha vida não o interessava, mas meu filho não o tiraria dele. Naquele semestre Rafael veio da capital todos os meses e fazia questão de ir buscar Miguel e não escondia seu ódio e desprezo. Seus olhos demonstravam um sentimento enfurecido que me fazia muito mal.

CAPÍTULO IX

REALIDADE DE MENTIRAS

Eu tentei voltar ao trabalho e focar nos meus objetivos, estava muito difícil. Um ano e meio morando em outra cidade e ainda me encontrava desconcertada. Decidi voltar às origens e a minha casa e ao antigo emprego com crianças. Sabia que retornar não seria fácil. Essas idas e voltas estavam me deixando desmotivada.

Voltei para minha casa e para meu antigo emprego. Espalhou-se o boato que já havia deixado meu segundo marido porque não conseguia viver com ninguém e arrependia-me de ter deixado todos acreditarem na mentira do casamento com o amigo Santos. Foi um embaraço para ele também. O mesmo passou a ser objeto do ódio do meu ex-marido.

Não conseguia acreditar que estava de volta. Agora estava com outra cabeça. Também me sentia sofrida, magoada, ressentida com tudo que acontecia. Rafael não dava uma trégua. Na semana que retornei encontrei Rafael na casa dos meus pais e ele fez questão de me avisar que estava separando e voltaria a morar na cidade enquanto aguardava o divórcio sair. Não desmenti meu suposto casamento.

Certa noite, quando estava no sitio de visita em um final de semana, Rafael apareceu de surpresa. Não era nem sete da noite quando ele encostou o carro em frente à entrada principal da casa grande. Desceu e se aproximou da varando onde me encontrava reclinada sentindo o frescor da noite.

— Boa noite, doutora. — Disse sem cerimônia. Não entendia, mas passou a me tratar por doutora desde do nosso divórcio.

— Boa noite, Rafael. — Respondi surpresa. — Se perdeu por esses caminhos? — Brinquei.

— Estou só de passagem. Estou indo para fazenda de pai. — Respondeu.

"Descobri na mesma noite, pela minha mãe, quando Rafael saiu, que a fazenda a qual se referia era dele. Depois que saí da capital Rafael se dedicou mais ao trabalho e juntar dinheiro. Juntou muito depois que montou seu próprio negócio. Motivo de sua morada na cidade era não perder o que conquistou para a segunda esposa com o divórcio."

— Então... O que faz aqui? Deixou o marido por quê? Me culpou da nossa separação e agora o que foi? — Perguntou-me sentindo-se satisfeito.

— Ué!!! Achei que você sabia... Não tem sido meu carrasco todos esses anos? Não entendo por que tanto ódio. — Disse buscando olhá-lo profundamente. Queria resposta. Buscava entender os motivos daquilo tudo.

— Você não sabe, né? — Balançou a cabeça em um gesto de reprovação. — você nunca vai saber das noites, do desespero... sozinho, enquanto você aproveitava a vida aqui, longe... tomou o meu direito de ser pai, de viver junto do meu filho. Acha pouco?

Percebi que o sentimento de Rafael era o mesmo meu... se sentia perturbado, incomodado com minha indiferença.

— Você nunca vai saber... decidiu viver vida boa. Se eu a tivesse deixado... levado teu filho... te posto na justiça... dá para sentir? Você nunca vai entender...

Sentia a desimpaciência estampada na face de Rafael. Também me perguntava se ele pensou nisso quando me traía, enganava... em um gesto brusco, levantei disposta a revidar, não sofreria mais abusos por parte dele.

— Fala a verdade... você já tinha outro quando me deixou? Seu amante, que você deixou quando viajou? — Rafael me olhava profundamente procurando uma resposta. — Fala por que me enganava enquanto trabalhava para mantermos nosso casamento? — Seus olhos se enchiam de fúria. — Fala... — Gritava.

Pela primeira vez sentia que tinha um problema com Rafael que não conhecia. Como ele podia me acusar? Ele me conhecia, ou pelo menos achei que me conhecia...

— Como pode me acusar? Ficou louco?

Passei a achar que Rafael me acusava para justificar todas as suas traições. Levei a mão ao rosto dele e não poupei minha raiva em um tapa que doeu mais em mim.

Sentia minha mão dolorida... passei a dá-lhe socos contra o peito. Revoltado e magoado Rafael segurou minhas mãos enquanto me encarava. Não contive as lágrimas e cai em prantos. Não demorou e minha mãe saiu na varanda para saber o que acontecia. Meu pai já dormia e do quarto não dava para ouvir os barulhos de fora.

— Farei um café para você, Rafael. Se acalme, rapaz. — Falou e saiu para cozinha.

— Obrigado, tia. — Disse e sentou-se me olhando cinicamente.

Mas controlada, olhava a rapidez com que Rafael se acalmava... Parecia não mostrar reação nenhuma diante da minha dor. Parado ali em frente a mim sem mostrar expressão facial... Olhava-me estático... Havia se transformado.

— Levanta do chão... — Ordenava enquanto me estendia a mão oferecendo ajuda.

Como não lhe estendi a mão, Rafael tomou-me pelos ombros e levantou-me... Provocada e indignada, virei-lhe as costas e sai da varanda. Minha mãe já retornava com o café. Subi para um dos quartos e curiosamente observei pela janela que Rafael demorou a sair dali. Provavelmente deve ter ficado horas conversando com minha mãe. Não quis saber o que conversaram nem no dia seguinte.

Depois daquele episódio, demorei a encontrar com Rafael novamente. Evitava-o ... não suportava mais tantas brigas... e, ele parecia fazer o mesmo. Rafael voltou para a capital e os poucos contatos que tivemos, antes de sua partida, sempre foram em ambientes movimentados e com parentes por perto. Decidi que não o encontraria nunca mais, principalmente sozinha.

...

CAPÍTULO X

O TEMPO NÃO PERDOA

Mais de vinte anos se passaram desde que conheci Rafael... Ele continuou vindo todos os anos e os poucos contatos com ele sempre foram quando vinha buscar Miguel para tê-lo em sua companhia... Nunca mais tocamo-nos e perdemos os olhares e até os evitamos... Rafael teve muitos amores... Perdi a conta de quantos. Nunca mais casou-se. Decidiu ficar solteiro, mas nunca sozinho...

Devo dizer que também vivi alguns relacionamentos e dissabores (poucos — dois mais precisamente), também decidi que não mais casaria. Não daria padrasto ao Miguel. Nos últimos dois anos Rafael decidiu não vir, mas mandou buscar o filho no período das férias para estar com ele. Também reconheceu a paternidade das filhas e não as escondeu mais. Nas férias consegue reuni-los em sua companhia na casa de praia no litoral.

Sei o que Miguel me conta. Meu filho é tão discreto quanto o pai e pouco fala de si mesmo ou de seus amores. Acabou de ingressar na universidade e cursa direito. Muito sensato. Prefere não julgar o pai por seus relacionamentos, ainda que não os agrade. Vive dizendo que o pai vai acabar sozinho se não mudar... Não acredito que essa mudança aconteça, já dizia meu pai quando era vivo: "pau que nasce torto, morre torto" ...

Para minha surpresa, hoje Rafael falou comigo pelo whasapp. Do nada me mandou mensagem. Curiosamente respondi e puxei conversa... conversamos um pouco pela primeira vez depois de tantos anos. Ele lembrou-me que esse mês faz vinte anos que ficamos a primeira vez... vinte anos que me entreguei para ele por completo... lembrou de como tudo aconteceu e mostrou-se saudoso. Não conseguia acreditar que ele lembrasse de tantos detalhes.

— Você lembra? – perguntou-me enquanto fazia-me de desentendida.

...

— Tem um problema... — Brinquei. — Eu conheci alguém e me entreguei a ele com paixão.

— Foi??? — respondeu entendendo a conversa.

— Ele dizia me amar... — continuei — não teve jeito... ele era cheio de mãos... não resisti e me entreguei a ele. Kkkkk — Dizia e saboreava sua reação.

— Onde nos perdemos? — mandou a mensagem e sumiu do status online...

Para ele mandei o seguinte texto e dei por encerrada a conversa. Não quero brecha para mais sofrimentos:

> *Eu gosto mesmo é quando você domina... Quando me agarra com intensidade, me põe contra a parede e me desnuda com loucura... Faz com vontade e desejo... Mata*

seu desejo de maneira selvagem como o animal no cio...gosto quando me possui com desejo de homem dominador... Fera!!! Embrutecido!!!

Gosto quando me tem com voracidade e ternura ao mesmo tempo... Tempo perdido foi o que tivemos até aqui que não nos consumimos de desejo como nas primeiras carícias e paixão... Lembro quando me encostava contra a parede e me fazia sentir teu hálito quente e olhar de desejo e loucura... Fomos loucos e desperdiçamos nossos melhores anos sem a paixão do primeiro amor... Da primeira carícia...

Somos culpados de termos nos querido tanto e termos nos odiados mais ainda.

Somos culpados de adoecermos na loucura da paixão... Sem entendimento... Sem apego e ao mesmo tempo sem termos o poder de segurar o outro pelo que mais queríamos... O desejo e o encanto da primeira vez... Do olhar apaixonado... Da mentira que nos consumia... Da falta de entendimento que jamais deixamos de lado...

Se tivéssemos ouvido a voz do coração e não a da razão, teríamos sido mais felizes e apaixonados... Não teríamos perdidos o dito interesse um pelo corpo e vontades do outro.

O que nos aconteceu??? Nunca soube explicar... Só sei que nossos corpos grudaram um no outro como uma tatuagem formando um só.

O que sentimos e vivemos foi mais do que queríamos e menos do que poderia ter sido.

Um dia perguntarei a Deus por que me puseste em teu caminho se nunca fomos de verdade... E por que te fizestes cruzar meus passos se nunca caminhou comigo... Nunca entendi nossa química e nosso veneno um pelo outro.

Como queria eu voltar um só minuto ao passado e desencontrar o dia que meus olhos cruzaram os teus...

Me embriagar no Dreher que foi o culpado do nosso primeiro beijo... Vivi para dormir em teus braços sem nos tocarmos... Respeito??? Não sei dizer... Você foi terno e ao mesmo tempo o pior de todos os meus castigos...

Um dia perguntarei a Deus por que mesmo nos querendo tanto nos afastamos de maneira tão cruel quando queríamos o corpo um do outro...

Um dia quem sabe... Eu perguntarei ao tempo por que foi tão carrasco e tão duro comigo por ter te amado e nunca ter te possuído.

Posso dizer que a paixão acabou e não tenho mais interesse nele e consigo me controlar. Os anos moldaram-nos e ensinaram-nos a respeitarmo-nos. Passei mal e por isso vim parar no hospital, acabo de descobrir que tenho poucos dias de vida e por isso resolvi contar minha história. Não sei se publicarei. Se haverá tempo. Estou feliz. Vivi o que tinha que viver. Encerro por aqui feliz por ter posto no papel minhas memórias. Sinto tanta paz nesse momento.

Ah!!! Lembrei... A frase do começo era de um filme de romance que via na televisão quando apaguei por completo e acordei aqui...

www.ingramcontent.com/pod-product-compliance
Lightning Source LLC
Chambersburg PA
CBHW070600160726
48003CB00005B/2099